CON QUESTO BACIO

BACIO

Windswept Bay: Volume Tre

DEBRA CLOPTON

CON QUESTO BACIO

Copyright © 2016 Debra Clopton Parks

Titolo originale: *With This Kiss*

Traduzione di Ernesto Pavan

Con questo bacio

Un bacio è solo un bacio... o così dicono. Ma io non sono d'accordo: questo bacio può cambiare una vita. Ha cambiato la mia.

Siete ufficialmente invitati al matrimonio di Shar Sinclair con l'uomo dei suoi sogni, Gage Lancaster... sempre che lo sposo si presenti alla cerimonia.

Che fine ha fatto Gage?

Manca solo un'ora all'inizio della cerimonia e nessuno ha notizie di Gage, che non risponde nemmeno al telefono. Shar è pronta ad andare in cerca del suo uomo, perché è evidente che qualcosa non va.

Dopo aver ricevuto il messaggio che stava aspettando da un investigatore privato, Gage non può fare a meno di compiere una deviazione importantissima mentre si dirige al suo matrimonio. Ma la situazione sfugge presto al suo controllo e tutto, nella giornata delle nozze, sta per cambiare…

Non perdetevi questo racconto della serie "Windswept Bay"! La storia si collega con quella del secondo volume, *Da qualche parte con te*, e funge da preludio per *Ora e per sempre*, il terzo volume!

Può succedere di tutto *Con questo bacio*!

CAPITOLO UNO

Shar Sinclair fissò il proprio riflesso allo specchio e al meraviglioso, ma semplice abito da sposa che la faceva sembrare più elegante di quanto si fosse mai sentita in vita sua. Stava per sposare l'uomo dei suoi sogni. E questo era dire molto, considerato che non aveva mai creduto che un giorno avrebbe voluto sposarsi e condividere la propria vita con un'altra persona. Poi era arrivato Gage.

E all'improvviso lei si era ritrovata con l'uomo dei suoi sogni e desiderosa di condividere la vita con lui.

Si fissò nello specchio, con addosso l'abito da

sposa, e cercò di calmare l'agitazione che rischiava di farle perdere un poco la testa.

Perché si sentiva così? Un fremito la percorse. Inalò lentamente, riempiendosi i polmoni e trattenendo l'aria per qualche istante mentre nel suo stomaco si formavano mille nodi. Nodi serrati, ritorti, che rischiavano di far tornare indietro i cracker e il formaggio che aveva mangiato a pranzo.

Nulla era inelegante quanto vomitare in abito da sposa.

Shar esalò pesantemente il fiato e scosse la testa.

Che mi è preso?

Andando avanti così, si sarebbe fatta venire un'ulcera prima della fine della cerimonia.

"Gage è arrivato?" chiese.

Sua sorella maggiore, Cali, si ravviò dietro l'orecchio una ciocca bionda e le rivolse un sorriso rassicurante. "Non ancora. Ma sono sicura che arriverà presto."

Shar si umettò le labbra asciutte.

Subito Jillian la raggiunse con del lucidalabbra. Shar e Jillian erano due di tre gemelle e, sebbene non si assomigliassero fisicamente, ciascuna aveva un forte senso di consapevolezza dello stato d'animo delle altre due, che Jillian dimostrò con l'occhiata che le rivolse e con le parole. "Smettila di essere nervosa. Se continui a leccarti le labbra in quel modo, ti si screpoleranno prima che Gage abbia l'occasione di baciarti durante la cerimonia."

Cali sorrise guardando nello specchio. "Vero. Ci sono modi più divertenti per screpolarsi le labbra."

Shar rise nonostante il nervosismo e lasciò che Jillian le passasse il lucidalabbra. Non era abituata a essere tanto truccata o ad avere le sue sorelle così addosso. Ma il comportamento delle altre due era dolce e lei, in quel momento, era grata di averle accanto.

"Non ho mai avuto addosso tutto questo trucco e lucidalabbra in vita mia," ricordò loro. "Può darsi che Gage non mi riconosca, quando arriverà."

Jillian levò gli occhi al cielo. "Sì che ti riconoscerà."

All'improvviso, le lacrime punsero gli occhi di Shar. E un'ondata di panico la attraversò.

Dove sei, Gage? Tre mesi prima, lei aveva temuto

di perdere la propria indipendenza, e ora aveva una fretta diabolica di avere quell'anello al dito. Se solo il suo uomo fosse arrivato in chiesa in tempo, avrebbero potuto levarsi dai piedi quella cerimonia e cominciare finalmente la loro vita insieme.

Controllò l'orologio: mancava ancora un'ora e Gage non era ancora lì, coi suoi testimoni, a infilarsi lo smoking. Qualcosa non andava, checché ne dicessero Jillian e Cali. Gage aveva detto loro che non vedeva l'ora di diventare il marito di Shar. Che sarebbe arrivato prestissimo, pronto a metterle un anello al dito e a baciarla fino a mozzarle il fiato. Ma non era lì. E Shar poteva negare quanto voleva, ma la verità era che, al momento, si ritrovava senza lo sposo.

"Rilassati, Shar. Gage arriverà." Cali le massaggiò delicatamente la schiena e i loro sguardi si incontrarono ancora una volta nello specchio. "Arriverà," ripeté lentamente.

Sua sorella maggiore era sempre stata la più incoraggiante, e ora si stava impegnando in tal senso.

"Aveva detto che sarebbe arrivato presto. Ma manca meno di un'ora e lui è sparito."

L'espressione di Cali si fece tesa. "Non è sparito. È solo in ritardo, o qualcosa del genere."

Non essendo una persona paziente, Shar strinse i denti. La pazienza non era mai stata il suo forte: quando voleva qualcosa, se lo prendeva o agiva per ottenerlo. Era cocciuta e si piaceva così. A non piacerle, invece, era l'attesa. "Jillian, per favore, metti di nuovo la testa fuori dalla porta. Giusto per assicurarti che lui non sia là. C'è qualcosa che non va. Me lo sento; è innegabile."

Entrambe le sue sorelle la fissarono e si resero conto che Shar era al limite.

"È solo un po' d'ansia," disse Cali, facendo un ultimo tentativo.

Jillian aggrottò la fronte. "No, non penso. Cali, tu eri in luna di miele quando Shar si struggeva dopo che Gage aveva lasciato l'isola. Quando credeva che lui non sarebbe tornato, poco ci mancava che si arrampicasse sui muri. Questa non è ansia."

Shar lanciò a Jillian un'occhiata colma di gratitudine. Finalmente qualcuno aveva ammesso che lei non stava esagerando. "No, niente ansia. Io amo

Gage. Più di quanto abbia mai sognato fosse possibile. Voglio dire, è proprio a causa del mio amore per Gage che non vedo l'ora di condividere con lui quella vita di cui un tempo ero tanto gelosa e che cercavo di tenere solo per me." All'improvviso le si piegarono le ginocchia e faticò a respirare. "È… dov'è Gage?" Gemette quando le lacrime spuntarono all'improvviso e minacciarono di sopraffarla. "Devo levarmi il vestito e andare a cercarlo." Allungò una mano verso la cerniera.

"Aspetta!" esclamarono contemporaneamente le sue sorelle.

Jillian corse ad afferrare le mani di Shar. "Aspetta, Shar. Non puoi toglierti il vestito. Presto comincerà ad arrivare gente. Gage verrà. Ha ancora tre quarti d'ora."

Shar guardò la sua gemella. "Hai ragione." Scosse la testa, nella speranza di liberarsi dal panico. "Tutto questo non è da me."

Cali le passò un braccio attorno alla vita e la abbracciò. "Vieni, sorellina. È ora che tu ti sieda. Se Olivia fosse qui, ti direbbe di darti una calmata."

Olivia. Ancora una volta, la terza gemella non era

venuta al matrimonio di una delle sue sorelle. Negli ultimi tempi, Shar era preoccupata anche per lei. Olivia non si faceva sentire spesso, e per quanto dicesse ogni volta che sarebbe venuta, all'ultimo momento trovava sempre una scusa. Si era persa il matrimonio di Cali prima e si stava perdendo quello di Shar ora.

"Vorrei che Olivia fosse riuscita a venire. Sono preoccupata per lei. Anche questo suo modo di comportarsi è strano."

Cali le porse un bicchiere d'acqua. "Shar, non puoi salvare tutti. Certo, ai miei occhi sei una superdonna: salvi le tartarughe di mare e ti prendi cura di quelle ferite all'ospedale. Ma ti preoccupi troppo. Olivia sta bene. Tornerà a casa quando sarà pronta a farlo. Ora è impegnata a tenere l'élite di Hollywood lontano dai guai. Tornerà a casa quando sarà possibile. Fino ad allora, dobbiamo lasciarle vivere la sua vita."

"È vero," concordò Jillian. "E poi, questo è il tuo matrimonio e tu lo stai caricando di stress."

Il cuore di Shar batteva all'impazzata e il suo stomaco aveva formato mille nodi. "Avete ragione.

Vorrei solo che Gage avesse trovato Brandon. Aveva sperato che l'investigatore privato gli avrebbe dato notizie di suo fratello scomparso nei due mesi che sarebbero trascorsi da quando abbiamo fissato la data del matrimonio. Ma la pista che stava seguendo l'investigatore non ha dato frutti."

"Non riesco a immaginare come debba sentirsi Gage. Scoprire di avere un fratello durante la lettura del testamento di suo padre..." Cali guardò Jillian e Shar capì che le due stavano cercando di presentarle un fronte unito.

Si massaggiò la fronte. "Capisco che voglia trovare Brandon e invitarlo al matrimonio. Noi non possiamo immaginare come sia essere senza famiglia: la nostra è immensa. Ma per Gage è diverso: aveva solo suo padre e lo ha perso. Di certo..." Shar si interruppe, lasciando la frase in sospeso. ... *Di certo non avrà deciso di non venire perché non ha ancora trovato suo fratello.*

"Forse si scoprirà qualcosa mentre siete in luna di miele," la incoraggiò nuovamente Cali.

"Sì, può darsi." Jillian aveva un'aria speranzosa mentre si incamminava verso la porta. "Vado a fare un giro nel parcheggio per vedere se qualcuno dei ragazzi ha sentito qualcosa."

"Grazie," disse tutto d'un fiato Shar, scacciando dalla propria mente l'idea che Gage potesse non venire di proposito. *Sarebbe venuto.* "Fammi sapere non appena scopri qualcosa."

Jillian le rivolse quel suo sorriso dolce e calmo. "Naturalmente." Emise una risata delicata. "Respira profondamente e rilassati. Ci penso io."

Era proprio quello il problema: era compito di Shar pensarci. Era una maniaca del controllo, in fondo, e lo sapeva. Quando la porta si chiuse alle spalle di Jillian, lei trasse un sospiro profondo. "E così, ci tocca aspettare."

"Sì." Cali si sedette sulla sedia accanto alla sua. "E non pensare che io non sappia cosa ti sta passando per la testa. Non pensarci nemmeno ad andare in bagno e uscire dalla finestra per andare a caccia del tuo sposo."

Shar rise... perché era esattamente quello che aveva pensato un istante prima.

Non avrebbe dovuto fermarsi.

Ma non poteva rinunciare. Per cui, Gage si ritrovò a svoltare verso l'approdo delle barche proprio mentre un'auto della polizia lo superava con le sirene spiegate.

Non appena Gage aveva udito la sirena, aveva pensato all'ambulanza dell'Ospedale delle Tartarughe di mare, quella che solitamente indicava la presenza di Shar nei paraggi. Ma l'ambulanza aveva una sirena particolare, che lui era in grado di riconoscere all'istante; per quello aveva capito subito che non si trattava dell'ambulanza.

Mentre parcheggiava la macchina e scendeva, un'altra auto della polizia sfrecciò lungo la strada, oltrepassando l'accesso all'approdo delle barche. Gage si fermò a osservarla mentre imboccava una strada secondaria. Stava succedendo qualcosa; chissà se era coinvolto anche Levi, fratello di Shar e capo della polizia locale. Gage sperava di no, perché la cerimonia nuziale sarebbe cominciata entro un'ora e Shar voleva che Levi e tutti gli altri fratelli fossero presenti. Ma più di ogni altra cosa, voleva che *Gage* fosse presente; allora cosa ci faceva lui lì?

Gage tirò fuori il telefono e controllò l'indirizzo riportato sul messaggio che aveva appena ricevuto. Sperava che Shar non stesse avendo un crollo nervoso e che non fosse sul punto di venire a cercarlo. Avrebbe dovuto essere già là, ma sarebbe arrivato comunque in tempo.

Doveva solo verificare se suo fratello fosse davvero su quella barca.

Si aspettava che il cellulare squillasse in qualunque momento e detestava l'idea di essere in ritardo. Ma aveva ricevuto l'email e il messaggio con l'indirizzo, entrambi provenienti dall'investigatore privato, solo pochi momenti prima. Era stato diretto verso il Windswept Bay Resort, dove si sarebbe tenuto il matrimonio, quando la notizia che aveva atteso a lungo lo aveva raggiunto.

Suo fratello viveva davvero a Windswept Bay.

Le ricerche erano state incentrate su Brandon

Jackson; il messaggio diceva che il nome del fratello di Gage era ora BJ McCall. Che era stato adottato dal patrigno circa un anno dopo che la madre era svanita con lui.

Il messaggio diceva anche che avrebbe dovuto essere sulla sua barca, a quel molo.

Gage aveva trentun anni; suo fratello ne aveva circa quattro di meno ed era scomparso quando ne aveva tre. Di conseguenza, quella in procinto di terminare era una ricerca durata ventiquattro anni.

Come avrebbe reagito Brandon quando avrebbe scoperto di avere un fratello?

Gage controllò di nuovo l'orologio. Aveva un'ora di tempo per arrivare al resort e sposare la donna dei suoi sogni, per cui era meglio che si desse una mossa.

Salì sul molo e si incamminò lungo la passerella di legno che costeggiava file su file di barche a vela e pescherecci. Era una giornata tranquilla. I gabbiani svolazzavano come pigri aquiloni, planando e risalendo e osservando l'acqua in cerca di pesci. Molti attracchi erano vuoti: come nella maggior parte delle belle giornate, era importante cogliere l'occasione per fare buona pesca. O semplicemente per andare a godersi le acque azzurre di Windswept Bay. Gage si fermò quando raggiunse la *Campanula*, il cui nome era indicato nell'email e nel messaggio.

Era un peschereccio di dimensioni rispettabili; ma il fatto che fossero quasi le cinque di pomeriggio e che la maggior parte delle barche da diporto fossero in mare con dei clienti a bordo, mentre quella se ne stava ancora lì, spinse Gage a farsi delle domande. Un borbottio proveniente dalla cabina lo spinse a fermarsi prima di salire sul ponte. Ma non aveva molto tempo, per cui salì a bordo.

Aveva un matrimonio a cui partecipare.

Non poteva piantare in asso Shar. Le avrebbe fatto troppo male.

"C'è qualcuno a bordo?" chiese ad alta voce.

Nessuno gli rispose. Ma lui aveva sentito borbottare e sapeva che c'era qualcuno in cabina. "Voglio solo fare un paio di domande," disse a voce più alta. Non aveva la minima intenzione di tirarsi indietro, ora che forse aveva l'occasione di conoscere suo fratello.

Sentì mormorare; sembravano due voci. Attese. Un uomo dai capelli più chiari dei suoi uscì in coperta. Costui aveva le mani sporche di grasso e teneva lo sguardo basso mentre se le puliva con uno straccio. Gage cercò qualche somiglianza nella pelle abbronzata e nella mascella squadrata, ma non ne trovò.

"Quali domande?" L'uomo sollevò lo sguardo e inchiodò Gage coi suoi gelidi occhi color foglia di tè.

Gage avvertì una scarica di adrenalina quando guardò in quegli occhi, identici ai suoi. E identici anche a quelli di suo padre, Milton Lancaster. Era un dono ereditario innegabile, che evidentemente l'uomo aveva passato a entrambi i figli.

L'impatto che guardare suo fratello negli occhi ebbe su di lui fu quasi travolgente.

Gli parve che la barca venisse travolta da un'ondata quando la realtà prese il sopravvento e il mondo ondeggiò attorno a lui.

"Cosa posso fare per te?" chiese bruscamente Brandon… o BJ. Il suo sguardo si soffermò sullo smoking di Gage, poi tornò a posarsi sull'ingresso della cabina. "Non mi sembri vestito per un'uscita in barca. E mi dispiace deluderti, ma se ti sei appena sposato, è improbabile che tua moglie voglia fare un giro a bordo di un peschereccio."

"A dire il vero, sto andando a sposarmi proprio adesso." Gage pensò a Shar. "E credo che potresti sbagliarti, quantomeno sul fatto che a mia moglie non piaccia l'acqua." Tese la mano. "A proposito: io mi chiamo Gage Lancaster."

Gage osservò il volto dell'altro uomo in cerca di segni di riconoscimento. Non ne trovò. Nulla, nemmeno un barlume che suggerisse che Brandon fosse a conoscenza della sua identità. Ma Gage *sapeva* che quell'uomo era suo fratello. Se anche aveva avuto qualche dubbio, gli occhi avevano chiarito tutto: quello era Brandon.

Suo fratello fissò la sua mano tesa, poi abbassò lo sguardo sulle proprie mani, sporche di grasso. "Non credo che la tua futura sposa apprezzerebbe se tu ti presentassi al matrimonio unto e bisunto. Forse dovresti andartene e tornare per la luna di miele." Inarcò un sopracciglio e strinse gli occhi. Poi accennò bruscamente al molo. "Andartene, tipo, adesso."

Dunque suo fratello non era molto socievole. Una delle prime regole del mondo degli affari che Gage aveva imparato da suo padre, a non più di dieci anni, era di non accettare mai un 'no' come risposta. "A dire il vero, sono venuto per farti qualche domanda."

La mascella di suo fratello si tese e il suo sguardo si spostò verso la cabina.

Gage seguì il movimento ed ebbe l'impressione di intravedere il guizzare di un'ombra nell'apertura. Qualcosa non andava. *C'era qualcuno nascosto oltre la soglia?* "Qualcosa non va?"

Gli occhi azzurri di BJ si fecero gelidi. "*No*. Senti, devo tornare a riparare il motore." I suoi occhi si erano stretti nel posare lo sguardo ancora una volta sulla cabina. "E sembra proprio che tu debba andare al tuo matrimonio."

Gage avrebbe dovuto andarsene. Avrebbe dovuto girare sui tacchi, scendere dalla barca, correre al resort e sposare Shar. Ma quello era suo fratello e qualcosa non andava.

E Gage aveva sempre avuto un buon istinto. Per cui, invece di scendere dalla barca, fece un passo verso la cabina. "Sono in ritardo, ma ho ancora un po' di tempo. Devo chiederti alcune cose."

BJ fece un passo verso la cabina, bloccandogli la strada. "Ti conviene non farlo. Adesso vattene. Scendi dalla mia barca," esclamò.

"Troppo tardi," ringhiò un uomo, uscendo dal suo nascondiglio dentro la cabina. In mano aveva una pistola, che puntò contro Gage. "Se il nostro amico vuole chiederti qualcosa, dovrà farlo mentre tu guidi lungo la costa."

Lo stomaco di Gage si serrò. Pensò a Shar, da sola, che lo aspettava.

Cosa aveva fatto?

CAPITOLO DUE

Jillian cercò di non cadere preda di fantasie nefaste mentre correva a cercare i suoi fratelli. Shar non era mai stata un tipo nervoso, eppure lei non l'aveva mai vista tanto tesa. Pregò che avrebbe trovato Gage assieme ai suoi fratelli.

Attraversò di corsa il cortile del resort, oltrepassando i ragazzini e le famiglie che giocavano nella zona della piscina; poi imboccò uno dei sentieri paesaggistici che lei stessa aveva creato e svoltò l'angolo della zona parcheggio. L'area era stata riservata agli ospiti del matrimonio. Jillian passò lo sguardo sulle auto; quella di Gage non c'era.

Le si rivoltò lo stomaco. *Dov'era Gage?* Mancavano solo trenta minuti all'inizio della cerimonia e Gracie, la direttrice del resort nonché wedding planner per l'occasione, le aveva detto che gli ospiti avevano iniziato ad arrivare. Jillian aveva la bocca secca mentre inghiottiva il groppo che le si era formato in gola e si dirigeva verso la suite privata che gli uomini stavano usando come camerino.

Levi aveva il telefono incollato all'orecchio e stava camminando avanti e indietro fuori dalla stanza. I fratelli di Jillian, Cam – che era arrivato dal suo ranch nel Texas – e Max erano assieme a Grant, il marito di Cali. I tre erano immersi in una discussione e non avevano un'aria contenta.

Dunque anche loro erano preoccupati.

Gli altri due suoi fratelli, Jake e Trent, stavano tornando dal sentiero che portava alla spiaggia dove si sarebbe tenuto il matrimonio; anche sui loro volti spiccavano espressioni colme di ansia.

"Non si trova da nessuna parte," disse Jake, il tono esasperato, mentre raggiungeva gli altri.

Trent si sfregò la nuca. "Non va bene."

Jillian trasse un respiro profondo e si fermò accanto al gruppetto. "Dove può essere? Shar sta letteralmente per saltare sulla sua Jeep e andare a cercarlo. Cali sta facendo del suo meglio per calmarla, ma la conoscete anche voi: non riesce a stare ferma. Se Gage non arriverà presto, lei andrà a cercarlo."

Cam si levò lo Stetson dalla testa. Il cowboy della famiglia Sinclair, Cam sembrava pronto a guidare un gruppo di uomini a cavallo nella ricerca di Gage. Per poi magari legarlo come un salame e fargli giusto due domande.

"Si può sapere che gli è preso?" chiese bruscamente. "L'ha illusa per due mesi e ora la sta facendo aspettare. Non mi piace."

"Gage non ha illuso Shar," le assicurò Jillian. "Per cui calmati, cowboy. Se non arriva, significa che qualcosa non va. Gage non abbandonerebbe mai Shar all'altare."

"Sono d'accordo con Jillian," disse Jake, con aria molto seria. "Fosse per lui, sarebbe già qui."

Anche gli altri fratelli espressero il loro assenso.

Cam esalò un sospiro esasperato. Come Shar, non aveva molta pazienza. "D'accordo. *Qualcuno* sa dove potrebbe essere, allora?"

Levi mise giù e raggiunse il gruppetto. Aveva uno sguardo tempestoso. "Beh, io non so se lui c'entri qualcosa o meno, ma circa mezz'ora fa qualcuno ha rapinato un discount all'angolo tra la Sand Dollar e la Avenue A, sparando al commesso. I miei uomini hanno bloccato le strade e stanno cercando il rapinatore; sembra che fosse a piedi. Può darsi che Gage sia incappato in uno dei blocchi stradali e abbia tardato per questo."

"La situazione non fa che migliorare," disse Max, la voce grondante sarcasmo.

Jillian si portò le mani allo stomaco in tumulto. "Ma non risponde al telefono. Perché non risponde al telefono?"

Levi incrociò il suo sguardo. "Anch'io sono perplesso."

Jillian si accigliò. "Vuoi dire che sei preoccupato." Detestava quando i suoi fratelli, e in particolare i maggiori – Cam e Levi – cercavano di tenerla

21

all'oscuro di cose che credevano non sarebbe riuscita a gestire. Probabilmente erano solo protettivi, ma in quel momento lei non aveva la pazienza per sopportarli. "Credi che Gage potrebbe essere nei guai?"

Levi inclinò la testa e le rivolse un'occhiata da 'non costringermi a scendere nel dettaglio'. "Non balzare alle conclusioni. Gli resta ancora…" Controllò l'orologio. "Un po' di tempo."

Jillian emise un forte grugnito. "Voialtri dovreste essere tutti in fila e pronti per Shar. Probabilmente gli ospiti si staranno chiedendo cosa sta succedendo. Può anche darsi che Shar abbia già rinchiuso Cali in uno sgabuzzino e sia corsa via con l'abito da sposa che sventola nella brezza." Jillian non si era mai sentita tanto impotente. Fissò i suoi fratelli.

Il telefono di Levi squillò. Lui se lo portò all'orecchio. "Dimmi."

Tutti lo osservarono. Levi mise giù. "Devo andare. Qualcuno ha denunciato degli spari all'approdo delle barche. È necessaria la mia presenza." Cominciò ad allentarsi la cravatta. "Voi andate a tenere calma Shar. E chiamatemi se dovesse arrivare Gage."

"Vengo con te," disse Cam.

"No," ribatté con fermezza Levi. "Devi restare qui. Se Gage dovesse arrivare, il matrimonio potrebbe procedere anche senza di me, ma non senza voialtri. Shar ha bisogno di voi. Vi terrò aggiornati."

Levi non attese ulteriori obiezioni, ma si diresse prontamente verso il parcheggio.

Jillian si massaggiò la tempia e gemette. "Sta andando tutto a quel paese. Qualcuno deve informare gli ospiti che potrebbe esserci un ritardo."

"Ci penso io," disse Cam, col suo accento texano acquisito. "Faremo meglio ad avviarci. Se Gage dovesse arrivare, si dirigerà sicuramente là."

Jillian aveva già imboccato il sentiero. Avvertiva un bisogno quasi disperato di raggiungere Shar.

Sperava solo che Shar fosse ancora al resort.

Shar era innamorata. Follemente, profondamente, innegabilmente innamorata.

Il momento in cui lei e Gage si erano dichiarati a vicenda il loro amore era stato un momento di gioia completa e totale.

D'accordo, forse stava esagerando un po'. Gage aveva fatto il pendolare tra Windswept Bay e Manhattan tutte le settimane, occupandosi della compagnia costruita da lui stesso e dal padre. E aveva sviluppato qualcosa di simile a un'ossessione per trovare quel fratello della cui esistenza aveva appreso solo al momento della lettura del testamento del genitore.

Era stata sua intenzione trovarlo prima del matrimonio, e avevano sperato che ciò fosse possibile, perché l'investigatore privato che aveva seguito per tutti quegli anni le tracce del fratello scomparso aveva trovato una pista subito prima della morte del padre di Gage.

Scoprire di avere un fratello che era svanito nel nulla quando Gage era ancora bambino era stato un duro colpo per lui. Era comprensibile che volesse trovarlo.

Ma a causa di tutto ciò, Gage non le era stato vicino quanto Shar avrebbe voluto. Certo, era tornato a Windswept Bay per conquistarla, ma aveva tanti pensieri per la testa da spingerla a chiedersi se per caso non avesse avuto un ripensamento.

Fissò l'orologio. *Cinque minuti alle sei.* Gli ospiti stavano aspettando, e anche lei. E Gage non c'era.

"Non è che è là fuori, per caso?" chiese Shar.

Cali, in quel momento, stava parlando con Gracie sulla soglia. Si voltò e la sua espressione disse tutto. "No."

La porta si aprì e Jillian entrò nella stanza assieme a sua madre. Entrambe erano pallide in viso.

"Che succede?" domandò Shar, correndo da loro.

"Ecco," rispose Jillian con voce stridula, "Gage non è ancora arrivato e Cam ha pensato che sarebbe meglio avvisare gli ospiti che ci sarà un ritardo."

La madre di Shar si fece avanti. Violet Sinclair era una donna meravigliosa, con un grande cuore colmo d'amore. "Sto male per te, cara." Prese le mani di Shar e la osservò con un'espressione colma di empatia. "Ma vedrai che Gage arriverà."

Shar si sentiva male. "Qualcuno sa qualcosa che non so? Vuotate il sacco. Forza."

"D'accordo." Jillian sospirò. "Ecco il punto: Levi

ha saputo che c'è stata una rapina e che hanno sparato a un commesso. Il rapinatore è scappato a piedi e lo stanno cercando. Ci sono dei posti di blocco lungo le strade e Levi pensa che, forse, Gage sia rimasto bloccato da uno di essi."

Il cuore di Shar prese a battere all'impazzata. "Non risponde al telefono."

"Lo so; ho detto la stessa cosa. Ma Levi... ecco, se n'è andato e basta. Qualcuno ha segnalato un rumore di spari al porto, per cui è dovuto andare via."

"Non ha senso." Shar si mise a camminare avanti e indietro. "Se Gage potesse chiamarmi, lo farebbe. Risponderebbe al telefono."

"Forse ha il cellulare scarico." Cali spostò lo sguardo da sua madre a Shar. "Balzare alle conclusioni non serve a nulla."

"Cali ha ragione," disse Violet in tono calmo.

"Basta. Smettetela," disse Shar. "Voglio bene a tutte voi, ma non ditemi che devo calmarmi. Qualcosa non va. *Tutto* non va." E si strappò il velo nuziale dai capelli raccolti.

"No," esclamarono contemporaneamente Cali e

sua madre, avanzando di scatto.

Cali respinse le mani tese di Shar. "Adesso basta. Qualcuno mi levi questo vestito, oppure me lo strappo o lo tengo su mentre vado a cercare Gage."

Non appena Gage posò lo sguardo sull'arma, questa fece fuoco. Un colpo di avvertimento, mirato al molo alle sue spalle.

Il criminale ruggì a BJ: "Portami fuori da qui o il prossimo colpo farà fuori lo sposino. E gli rovinerà lo smoking."

Il cuore di Gage batteva forte e tutto pareva muoversi lentamente mentre lui distoglieva l'attenzione dalla pistola e si concentrava su suo fratello. La sua mente passò rapidamente in rassegna tutte le possibilità. Sale riunioni e trattative erano il suo pane quotidiano; ora la sua mente reagì mentre BJ lo fulminava con lo sguardo.

"Te l'avevo detto di andartene. Si può sapere cosa ti passa per la testa? Hai una futura sposa che ti aspetta e vieni qui a interrogarmi? Non posso avere nulla di tanto importante da dirti. Guido un peschereccio, per la miseria."

La pistola si spostò verso BJ e l'uomo armato ringhiò: "Datti una mossa. Subito. Non ho tempo da perdere mentre voi discutete. Soprattutto ora che ho sparato."

BJ si irrigidì. "Continua a sventolare quell'arnese e mi incavolo." La sua voce era dura come l'acciaio. "Un conto è puntarla contro di me, ma ora stai minacciando un mio ospite."

L'uomo armato lanciò una sfilza di imprecazioni e uscì alla luce del sole. "Fai partire questa barca o sparo allo sposino e lo butto ai pesci."

BJ spostò lo sguardo dei suoi occhi color ghiaccio su Gage, per poi riportarlo sul criminale. "Beh, vedi, c'è un problema: fosse stato solo per me, avrei anche potuto fare come dici tu non appena cambiata la candela. Ma ora mi sento in obbligo di portare lo sposo in chiesa per tempo."

In quel momento, Gage giunse alla conclusione che suo fratello doveva essere ubriaco o poco sveglio.

Oppure, in alternativa, BJ era fatto della stessa pasta del loro padre, un uomo che non si era mai tirato indietro da uno scontro... pur avendo combattuto sempre e solo in sala riunioni.

C'era anche la possibilità che BJ stesse bluffando: altra caratteristica che poteva aver ereditato dal loro padre. Gage sapeva bluffare. Sapeva fare il suo gioco in sala riunioni come il miglior giocatore di poker di Las Vegas. Ma voleva uscire vivo da quella situazione. Voleva sposare Shar e dare inizio al loro futuro insieme. Voleva dire a BJ che era suo fratello. Dovevano prendere tempo, non provocare.

"Tanto sono già in ritardo. Da cosa stai scappando?" chiese all'uomo armato.

Il criminale aveva la fronte imperlata di sudore. "Non sono affari tuoi." Fece un passo avanti e puntò la pistola contro BJ. "Ultimo avvertimento: muoviti."

"Perché ti comporti così?" chiese Gage.

"Non sono affaracci vostri. Tutto quello che voi due dovete sapere è che ho bisogno che questa barca parta. E subito."

"Come ho detto, amico mio, non si può. Gage ha una moglie che lo aspetta."

C'era una minaccia, negli occhi di BJ, e Gage la notò. La situazione non si sarebbe risolta bene. Il suo istinto gli diceva di assecondare l'uomo armato e uscire vivo da quella situazione.

Ma quando vide il dito del criminale contrarsi, l'istinto gli disse che era giunto il momento di agire.

La splendida, fiera espressione di Shar gli lampeggiò davanti agli occhi. Era l'espressione che la sua futura sposa faceva ogni qualvolta lottava per salvare una tartaruga marina. Gage doveva raggiungere quella spiaggia.

Quando l'uomo armato fulminò BJ con lo sguardo, abboccando all'amo gettato da suo fratello, Gage reagì, decidendo che quella era l'occasione migliore. Sferrò un violento calcio dal basso verso l'alto; il suo piede colpì il polso dell'uomo armato. Poi Gage partì alla carica.

Anche BJ reagì. Travolsero l'aggressore contemporaneamente, mandandolo a sbattere contro la cabina della barca. Gage afferrò la pistola proprio quando questa sparò.

Shar aveva appena afferrato la cerniera dell'abito da sposa quando la porta si aprì e Cam e suo padre entrarono di corsa nella stanza.

Lo sguardo severo di Sam Sinclair si posò su di lei. "Sharleen, tesoro…"

Cam spostò con impazienza lo sguardo dal loro padre a lei.

"Cos'è successo?" Le dita di Shar tremarono e mollarono la presa sulla cerniera.

Cam attraversò la stanza e la prese per un braccio. "Devi venire con me."

Per poco non le si piegarono le ginocchia, ma Cam accentuò la presa sulle sue braccia per darle sostegno. "Resisti, sorella."

"Che succede?"

"Il rapinatore del discount ha preso due ostaggi al porto, e uno è rimasto ferito. Levi mi ha chiamato. Si tratta di Gage."

Come burro al caldo, Shar si sciolse; ma suo padre le passò un braccio attorno alla vita e lui e Cam le diedero appoggio.

"È vivo, tesoro," disse suo padre. La sua voce aveva un suono molto, molto lontano.

"È vivo," ripeté Cam. "Dobbiamo portarti da lui."

Shar si era già rimessa in movimento. *Doveva andare da Gage.*

CAPITOLO TRE

I suoi fratelli attendevano in corridoio quando Shar uscì a passo veloce dalla suite del resort, accompagnata da Cam e da suo padre. Un'ondata di amore la attraversò di fronte alla loro premura e alla dimostrazione di sostegno che le diedero, allineandosi alle spalle delle sue sorelle e di sua madre. Dalle profondità sconvolte della sua anima emerse una nuova forza, che la colmò.

Scacciò le lacrime mentre sollevava da terra la gonna dell'abito da sposa per tenerla fuori dai piedi e si affrettava verso la doppia porta, che Jake le tenne aperta. Una volta in cortile, si mise a correre.

"Dove hai la macchina?" Guardò Cam, che stava correndo accanto a lei.

Suo fratello si mise in testa al gruppo. "Seguimi. L'ambulanza sta andando in ospedale; è là che dobbiamo andare."

I presenti si immobilizzarono e osservarono l'intero corteo nuziale correre attraverso il resort e fino al parcheggio. Cam raggiunse il posto di guida del suo pick-up e suo padre, che li seguiva da vicino, spalancò la portiera del passeggero e aiutò Shar a salire. Poi Sam balzò sul sedile posteriore e Cam partì a gran velocità.

"Allacciati la cintura," le ordinò Cam, lanciandole un'occhiata per poi tornare a concentrarsi sulla strada.

Shar afferrò la cintura e la strinse mentre Cam imboccava di corsa la strada principale e accelerava rumorosamente per destreggiarsi nel traffico. Non c'era bisogno che lei gli dicesse di fare in fretta.

"Quali sono le condizioni di Gage?" riuscì a dire, notando a malapena la guida sportiva con cui Cam si faceva largo nel traffico.

"Levi ha detto solo che devo portarti là il prima possibile . Non so altro. Tieniti stretta."

Shar obbedì e pregò che anche Gage si stesse tenendo stretto alla vita.

BJ stava camminando avanti e indietro fuori dall'ospedale, rivivendo nella propria mente quanto era avvenuto sulla barca.

Aveva sentito lo sposo accasciarsi a terra subito dopo lo sparo. Aveva lottato con l'uomo armato ed era riuscito a disarmarlo, per poi fargli perdere conoscenza con un violento uppercut. Subito era corso dallo sposo; questi era riverso a terra in una pozza di sangue.

BJ non aveva avuto tempo di provare emozioni mentre girava l'uomo. Lo sposo sanguinava da una ferita al fianco. BJ aveva raccolto da terra lo straccio che aveva lasciato cadere poco prima e lo aveva premuto contro la ferita.

"Resisti. Sento le sirene della polizia. Presto

arriveranno i soccorsi."

Gage aveva aperto gli occhi, occhi azzurri che avevano un che di familiare per BJ. "Shar," aveva grugnito. "Dille… che la amo."

"Glielo dirai tu, amico. Resisti, forza."

Tutto ciò era accaduto pochi istanti prima che la polizia invadesse la barca di BJ. Il primo poliziotto a salire a bordo indossava uno smoking dello stesso colore di quello dello sposo.

Costui aveva assunto il comando della situazione, impartendo ordini ai suoi uomini mentre cadeva in ginocchio. "Gage," aveva detto mentre i poliziotti in uniforme portavano via il criminale e i paramedici accorrevano ad assistere lo sposo ferito.

BJ si era fatto da parte e aveva lasciato che gli altri facessero il loro lavoro. Il poliziotto-capo con lo smoking sembrava molto preoccupato, e non c'era bisogno di essere dei geni per capire che tra i due c'era un legame.

"Avanti, Gage, apri gli occhi," aveva detto il poliziotto con voce burbera. "Resisti o mia sorella mi farà fuori. Gage," aveva esclamato quando non c'era stata risposta. I paramedici stavano misurando la pressione sanguigna e uno di loro si era assunto il compito di esercitare pressione sulla ferita. Il poliziotto non aveva lasciato andare la mano di Gage. "Ti ho detto di resistere. Hai un matrimonio che ti aspetta, per cui stringi i denti e fatti forza."

Gage aveva aperto un occhio e BJ avrebbe potuto giurare che le sue labbra si fossero sollevate da un lato, come in una sorta di debole sorriso. "Ho…" Aveva faticato un po', ma alla fine era riuscito a pronunciare l'ultima parola. "… capito."

Anche BJ aveva trovato la forza di sorridere mentre, guardando lo sposo, capiva che questi stava pensando alla sua sposa, che doveva essere proprio un bel tipo.

"Devo lasciare che i paramedici si prendano cura di te. Ma sono qui. E Shar ci raggiungerà in ospedale. Sta arrivando."

Non era stato BJ a far salire lo sposo sulla sua barca, e aveva fatto del suo meglio per allontanarlo, ma lui aveva insistito. BJ si era comportato in maniera maleducata – persino ostile – e tuttavia l'uomo era rimasto. E, dannazione, era sicuro che Gage si fosse reso conto che c'era un pericolo in agguato nella cabina, ma invece che allontanarsi – come BJ aveva cercato di convincerlo a fare – si era fatto avanti. Pur sapendo di aver fatto tutto il possibile per mettere in guardia lo sposo, lui si sentiva terribilmente in colpa.

Il poliziotto con lo smoking, in quel momento, si era alzato, le sopracciglia aggrottate sopra gli occhi penetranti mentre osservava BJ. "Vieni con me. Ho delle domande da farti."

I due si erano spostati sul molo in modo che i soccorritori potessero prelevare lo sposo e portarlo in ospedale.

"Innanzitutto, chi sei e cosa è successo? Perché Gage era sulla tua barca quando avrebbe dovuto essere al suo matrimonio?"

"Mi chiamo BJ McCall." BJ si era passato bruscamente una mano tra i capelli. "E non ho idea di cosa ci facesse quell'uomo sulla mia barca."

"Cos'è successo al rapinatore? Perché era sulla tua barca e che legami hai con lui?"

"Nessun legame. Stavo sistemando un problema al motore, cambiando le candele e cercando di capire perché funzionasse così male, quando quel farabutto è entrato nella cabina sventolando la pistola e dicendomi di portarlo più in là lungo la costa. Non sono stato felice dell'interruzione o del dirottamento. Ho cercato di impadronirmi della pistola, ma il tuo amico ci ha interrotto."

"Non ha senso." Il poliziotto aveva osservato con aria preoccupata i soccorritori mentre portavano via Gage su una barella. "Sei ferito?"

"No; quella carogna è riuscita a colpirmi alla tempia con la pistola prima che Gage ci interrompesse, ma sto bene."

"Devi venire con me in ospedale. Ti daranno un'occhiata mentre io mi occupo di mia sorella. Ho delle altre domande da farti."

BJ non si era opposto; aveva imparato che il modo migliore per gestire situazioni come quella era collaborare. E poi, non riusciva a scrollarsi di dosso il desiderio di sapere da dove fosse sbucato Gage.

E cosa ci fosse stato di tanto importante da spingerlo a rischiare di arrivare in ritardo al suo stesso matrimonio. Tutto ciò non aveva senso.

Soprattutto quando lo sposo aveva detto di sapere di essere in ritardo.

CAPITOLO QUATTRO

Shar stava aspettando quando portarono Gage al pronto soccorso in barella. Si affrettò a raggiungerlo e gli coprì la mano con la sua mentre correva accanto alla barella in corridoio.

Gage era pallido, pallidissimo. Aveva gli occhi chiusi, delle flebo nelle braccia e una cannula per l'ossigeno nel naso. Lacrime si formarono negli occhi di Shar, che tuttavia non aveva tempo per piangere. Era evidente che le condizioni di Gage non erano buone. "Gage," disse oltre il groppo alla gola formato dalle lacrime. "Gage, resisti. Non lasciarmi. Mi senti? Combatti, piccolo, combatti."

Con suo stupore, la mano di Gage si strinse attorno alla sua e, sebbene lui non avesse aperto gli occhi, Shar lo vide annuire. Le lacrime le rotolarono lungo le guance e caddero sulle loro mani. E poi gli occhi di Gage si aprirono e incrociarono lo sguardo dei suoi per un breve istante, e Shar vide la vita scorrere davanti ai propri occhi.

"Combatti," insistette, per poi sfiorare le labbra di Gage con le sue. Pregò che, con quel bacio, sarebbe riuscita a dimostrargli il suo amore e pregò che quello non sarebbe stato l'ultimo bacio che avrebbero condiviso. "Ti amo, Gage Lancaster. E tu mi sposerai."

La mano di Gage strinse la sua, poi si afflosciò.

Un'infermiera la allontanò con delicatezza. "Non può andare con lui," disse. "Ci lasci fare il nostro lavoro."

"Ti amo," esclamò ancora una volta Shar mentre mollava la presa sulla mano di Gage. E mentre lui svaniva nella stanza accanto e la porta si chiudeva dietro di lui, il cuore di Shar lo seguì.

Shar era ancora lì quando suo padre la circondò con un braccio. "Vieni, tesoro. Siediti prima di crollare a terra."

Shar non riusciva a muoversi. Fissò la porta. Quella maledetta porta. Ma la presa salda della mano di suo padre si strinse attorno a lei.

"Su, vieni qui." Sam la sospinse fino a un posto a sedere, da dove Shar poteva comunque vedere la porta. Tutto, nella stanza, sembrava spento, come se lei fosse stata seduta da sola in fondo a un tunnel.

Cam la raggiunse e si inginocchiò di fronte a lei. "Come va? Gage è riuscito a dirti qualcosa prima che lo portassero là dentro?"

"Mi ha stretto la mano. Ma ha aperto gli occhi." Shar si costrinse a sfoderare un piccolo sorriso. "Sta combattendo."

"Dovrai farlo anche tu. Sii forte come sempre."

Shar lo fissò. Tutti le dicevano sempre che era forte. 'Superdonna', la chiamavano. Ma ora lei si sentiva debole come un gattino.

"Shar." Cam le diede una scrollata alle ginocchia. "Concentrati. Mi senti? Gage ha bisogno che tu sia forte."

Shar era sempre stata una persona indipendente. Aveva sempre creduto di poter fare tutto. Era sempre stata convinta di non aver bisogno di un partner, fintantoché avesse avuto la sua famiglia e i suoi amici... e, nel profondo del suo cuore, sapeva di poter sopravvivere a qualunque cosa la vita le scagliasse contro. Ma ora Gage era entrato a far parte della sua vita e lei lo voleva. Non riusciva a pensare a un'esistenza trascorsa senza di lui. Avevano appena cominciato. Quello avrebbe dovuto essere il giorno migliore della sua vita. Invece, lei era lì in una sala d'attesa mentre, nella stanza accanto, Gage lottava tra la vita e la morte.

Raddrizzò un poco la schiena. "Va tutto bene, Cam. Sono solo un po' stordita."

Si udì un certo frastuono provenire dall'ingresso; come al rallentatore, Shar spostò lo sguardo in quella direzione e vide il resto della sua famiglia che entrava di corsa in ospedale. Spostò lo sguardo da loro a Cam e a suo padre.

"Ce la posso fare." La sua voce, ora, era più forte. "Lui ha bisogno che io sia forte. Se la caverà."

Suo padre le strinse la spalla. "Riecco la nostra Superdonna."

E riecco il soprannome con cui la chiamava la sua famiglia. In parte, esso derivava da quella volta in cui, da piccola, Shar si era messa un mantello ed era saltata giù da un albero allo scopo di mettersi a volare. Si era rotta un braccio e aveva imparato che il volo era sopravvalutato. Ma ora il soprannome derivava dalla sua dedizione al salvataggio delle tartarughe di mare ferite o in pericolo. Lei e Gage si erano incontrati proprio in una di quelle occasioni.

Cam le diede una pacca sul ginocchio. "Riecco la ragazza di cui, ne sono certo, Gage si è innamorato. Non lo conosco molto bene, ma scommetto che chiunque sia riuscito a farti innamorare debba essere un uomo eccezionale."

Shar sorrise, gli occhi ancora umidi. "Lo è. E io lo amo."

Prima che Cam potesse rispondere, Shar vide Levi e uno sconosciuto entrare nell'ospedale. L'uomo rimase ad aspettare vicino alla porta, mentre Levi la raggiunse assieme al resto della famiglia. Fino a quel momento, questi ultimi si erano tenuti in disparte, a parlare tra loro, probabilmente per dare a Cam e al loro padre un po' di tempo da soli con Shar. Levi si fermò a parlare con un'infermiera, poi raggiunse Shar.

Lei si alzò al suo arrivo. In quanto capo della polizia, forse suo fratello avrebbe potuto farle oltrepassare quella porta. "Puoi farmi entrare da Gage?"

Lui la abbracciò forte. "No, sorellina. I medici lavorano meglio senza parenti tra i piedi. Farò il possibile per tenerti aggiornata."

"Grazie."

"Shar, ho portato con me l'uomo che era con Gage quando il rapinatore gli ha sparato."

Lo sguardo di Shar si spostò sull'uomo che se ne stava quasi sull'attenti accanto alla porta. Le dava le spalle e guardava fuori. "Chi è?"

L'infermiera si recò dall'uomo e lo accompagnò in un ambulatorio. Lasciarono la porta aperta, ma Shar perse di vista lo sconosciuto.

"Non vuole disturbarci, ma io dovevo fargli delle domande, per cui l'ho portato con me. Shar, lui e quel criminale stavano lottando per il possesso di una pistola quando Gage è arrivato sulla barca e ha detto di volergli fare delle domande. Quell'uomo – ah, si chiama BJ – sostiene che il rapinatore gli abbia detto di liberarsi di Gage e che si sia nascosto nella cabina, tenendolo sotto tiro. BJ, in sintesi, è stato molto brusco e alla fine ha ordinato a Gage di andarsene a sposarsi." Levi fece una pausa e i suoi occhi si strinsero. "BJ dice che Gage non ha voluto farlo. Che ha continuato a dirgli che doveva fargli delle domande. Poi, sempre secondo BJ, Gage deve essersi accorto che c'era qualcuno nascosto e si è mosso verso il pericolo invece che fuggire. BJ l'ha trovato strano. Ha cercato di liberarsi di lui, ma l'uomo armato è emerso e ha sparato verso il molo per allontanare Gage; è quello lo sparo che è stato denunciato. Non il colpo esploso quando Gage è saltato addosso all'uomo che gli ha sparato."

Il respiro di Shar rallentò. "Non capisco. Come è saltato in mente a Gage di comportarsi così? Perché si è fermato là?"

"Non ne ho idea. Cosa può esserci di tanto importante da spingere Gage a passare da uno sconosciuto su una barca quando era in ritardo per il suo stesso matrimonio?"

Shar raddrizzò la schiena e il suo cuore si fermò. "*Brandon*," pensò; poi si rese conto di aver pronunciato il nome, anche se a bassa voce. "Io... devo andare da lui." Si avviò verso l'ambulatorio.

Cali la prese per il braccio. "Aspetta, Shar. Se quello è davvero Brandon, forse è meglio lasciare che sia Gage a dirgli tutto. Forse dovresti aspettare di essere sicura. Di avere delle prove."

Jillian e la loro madre espressero il loro assenso.

"Devo andare da lui. È stato l'ultimo a parlare con Gage." *Era stato l'ultima persona a trascorrere del tempo con Gage prima che gli sparassero.* "Perché Gage era sulla sua barca? Perché si è fermato là prima del matrimonio? Ha avuto problemi all'auto? Perché? Devo saperlo." Proseguì in direzione dell'ambulatorio dove l'infermiera aveva portato l'uomo.

Levi le si affiancò. "D'accordo. Ma posso già dirti che lui non conosce le risposte a queste domande."

I fratelli di Shar si scostarono per lasciarla passare.

"Noi siamo qui." Jake le rivolse uno smagliante sorriso di incoraggiamento. "Gage se la caverà.

Ricordati che l'ho visto mentre ti baciava: di sicuro vorrà andare oltre."

Max gli diede di gomito e si acciglò. "Piantala, Jake. Non è il caso di prenderla in giro in un momento come questo."

Shar spostò lo sguardo da Max a Jake, i fratelli adottivi che amava come il sangue del suo sangue. Pensò a Gage e al legame che avrebbe avvertito nei confronti del fratellastro quando lo avrebbe ritrovato. Sarebbe stato certamente forte quanto il suo con Max e Jake. "Nessun problema. Vi voglio bene."

"Anch'io," disse Trent. "Siamo qui per te."

"Lo so." Shar fece una pausa e si guardò attorno, osservò la grande famiglia che le era stata donata dal Cielo. "Conosco Gage. E c'era solo una cosa che avrebbe potuto farlo tardare al nostro matrimonio: suo fratello scomparso. Lui non ha mai avuto ciò che abbiamo noi. Se ha saputo che quell'uomo è suo fratello, ho la sensazione che il bisogno e l'istinto di trovare Brandon siano stati troppo forti per consentirgli di passargli vicino senza fermarsi."

Profonde rughe apparvero sulla fronte di Levi,

come capitava spesso quando faceva uno sforzo mentale. "Ma Shar, l'uomo nell'ambulatorio si chiama BJ McCall. E l'uomo che noi stiamo cercando ormai da un mese è Brandon Jackson."

Quelle parole la spinsero a esitare. Poi, senza rispondere, Shar sgomitò oltre gli altri ed entrò nell'ambulatorio. L'infermiera gli stava togliendo un bracciale per misurare la pressione dal braccio, ma BJ McCall voltò la testa per guardare Shar nel momento stesso in cui lei entrò.

I loro sguardi si incrociarono e lei gemette. Le mancò la terra da sotto i piedi quando si ritrovò a guardare in un paio d'occhi color foglia di tè identici a quelli di Gage.

"Brandon," gemette. Poi il mondo divenne nero.

CAPITOLO CINQUE

BJ balzò in piedi dal lettino appena in tempo per afferrare la sposa prima che cadesse a terra. Anche Levi reagì; insieme portarono la donna al lettino.

"Cos'è successo?" chiese BJ in tono imperioso.

"Mi ha guardato ed è svenuta."

Levi scostò i capelli della sorella dal viso mentre l'infermiera le misurava il battito. Una bella donna matura entrò nell'ambulatorio e si mise accanto a Levi.

"Cos'è successo?"

"Credo che sia svenuta, mamma." Levi si guardò

alle spalle, dove sulla soglia si era formata una folla. "Ci penserà l'infermiera," disse. Il gruppo attese all'esterno, lasciando spazio all'infermiera mentre misurava il battito della sposa.

Anche BJ uscì, lasciando la stanza all'infermiera, a Levi e alla madre. Aveva notato l'espressione bizzarra che era lampeggiata negli occhi verdi della sposa non appena aveva incrociato il suo sguardo.

Stava succedendo qualcosa di strano e tutto ciò che lui poteva fare era aspettare fino a quando il mistero non si sarebbe svelato da solo. Gli occhi della sposa si aprirono lentamente e il suo sguardo cercò la stanza fino a trovarlo.

BJ avrebbe tanto voluto sapere cosa stava succedendo. *Perché la sposa lo stava guardando in quel modo?* Ma non lo chiese; non era il momento. La giovane era già abbastanza in pensiero per Gage.

La sposa cercò di alzarsi. "Mi dispiace. Non svengo mai. Ma…" Un medico entrò nell'ambulatorio mentre Shar spostava le gambe oltre il bordo del lettino.

"Ferma lì." Levi la afferrò per un braccio e la

bloccò.

"Come sta?" La sposa sembrava pronta a correre nella stanza in cui giaceva Gage.

"Lo hanno portato in sala operatoria. Prima dell'operazione, è impossibile dire quanti danni abbia fatto il proiettile. Lo opererà la dottoressa Laura Burrows, che la aggiornerà di sopra, nella sala d'attesa di Chirurgia. Infermiera, può mostrare a queste persone dove possono aspettare?"

"Sì, dottore," rispose l'infermiera.

"Sta bene?" chiese il medico, osservando con apprensione Shar.

"Poco fa è svenuta, ma la pressione ora è normale."

Il medico annuì. "È comprensibile. Ma mi chiami se dovesse avere bisogno di qualcosa." Diede un colpetto alla mano di Shar. "Abbia fede."

"L'avrò." Shar guardò l'infermiera. "Può mostrarmi dove devo aspettare?"

BJ vide lampeggiare negli occhi espressivi di Shar qualcosa che avrebbe potuto descrivere solo come determinazione. La giovane tirò indietro le spalle e, con la schiena dritta come un fuso, seguì l'infermiera lungo il corridoio.

Lui le seguì, ma rimase fermo fuori dall'ambulatorio e guardò Shar allontanarsi. Guardò la sua famiglia unirsi a lei. Si era ormai reso conto che tutti quegli uomini e donne erano i fratelli e le sorelle della sposa. Era una famiglia enorme, quella che la sosteneva. BJ aveva solo una sorella, Lilly, e all'improvviso ne sentiva la mancanza.

Erano entrambi due vagabondi: lui viaggiava per mare e lei ovunque, tranne che per mare. L'ultima volta che si erano parlati, Lilly lavorava allo Yosemite National Park. Ma da allora era trascorso un mese, e ora c'era la possibilità che sua sorella avesse fatto i bagagli e se ne fosse andata nel Grand Canyon. BJ aveva la sensazione che quel luogo fosse nell'elenco di quelli che Lilly voleva visitare, ma non riusciva a stare al suo passo. Lui e Lilly avevano trascorso la maggior parte della vita da soli, dopo che i loro genitori erano morti quando lui aveva quasi diciott'anni e Lilly ne aveva appena compiuti diciassette. La madre di BJ aveva sposato il padre di Lilly quando lui aveva quattro anni. BJ aveva perso il padre, Lilly la madre, per cui i loro genitori li avevano uniti tutti assieme in un'unica famiglia. Era stato bello, finché era durato. Ma non era durato a lungo: i loro genitori erano morti molto, troppo giovani.

Doveva chiamare sua sorella. Era trascorso troppo tempo.

"Br… volevo dire, BJ." Shar si era voltata e lo stava fissando dall'altra parte del corridoio. "Vuoi venire con noi?"

Levi si rivolse a lui. "Se non ti dispiace, potrei farti qualche altra domanda mentre siamo di sopra. Non ho ancora finito."

BJ non sapeva esattamente quante domande dovesse ancora porgli il capo della polizia, ma non riusciva a levarsi dalla testa lo sposo. Voleva scoprire perché quell'uomo fosse arrivato fino alla sua barca e perché Shar fosse svenuta nel vedere lui. Perché BJ aveva avuto la sensazione che fosse andata proprio così: i loro sguardi si erano incrociati e lei era caduta come un sacco di patate. Era stata la vista di Brandon, non l'ansia per il fidanzato, a provocare lo svenimento.

Ne era sicuro.

Perché?

"Certo," disse. Quella era la giornata più strana che lui avesse mai vissuto ed era intenzionato a capirci qualcosa.

Al piano di sopra, Shar si sedette nella sala d'attesa. Serrò le mani in grembo, trasse un respiro profondo ed esalò lentamente. *Se la sarebbe cavata. Non sarebbe crollata; Gage aveva bisogno di lei.* Quando Shar sarebbe andata a trovarlo dopo l'intervento, non voleva che lui la vedesse col volto solcato dalle lacrime. Doveva essere forte.

Nonostante il discorso di incoraggiamento che stava facendo a se stessa, il suo labbro inferiore cominciò a tremare; se lo morse con forza per immobilizzarlo. Si concentrò sui bei momenti che lei e Gage avevano condiviso. Gage ce l'avrebbe fatta; Shar non si sarebbe permessa di pensare diversamente.

Osservò Brandon entrare nella stanza e fermarsi appena oltre la soglia. Probabilmente, l'uomo si sentiva fuori posto. Era molto attraente, ma l'unico dettaglio che lo accostava a Gage era rappresentato da quegli occhi incredibili. Mentre lei lo osservava, BJ spostò lo sguardo e incrociò il suo. Shar distolse lo sguardo, chiedendosi come sarebbe stato meglio dargli la notizia. E se fosse opportuno farlo.

Cali si sedette accanto a lei. "Siamo tutti preoccupati per te, ma non vogliamo soffocarti. Siamo in tanti." Le sorrise e le diede un colpetto sul ginocchio. "Vado a prendere qualcosa da bere. Ti va un tè caldo? O del caffè? O dell'acqua?"

"Non mi serve nulla." Shar scosse la testa.

"Sì, invece." Jillian si sedette dall'altra parte. "Che ne dici di un tè caldo con un po' di miele per darti forza? Hai bisogno di energia."

"D'accordo. Il tè è una buona idea." Lo sembrava davvero. E poi, Shar comprendeva il bisogno delle sue sorelle di fare qualcosa per lei. Al loro posto, avrebbe fatto lo stesso.

Cali la abbracciò. "Gage se la caverà, Shar. Dobbiamo crederci."

"Sì." Jillian rafforzò le parole di Cali.

Avevano tutti bisogno di rassicurarla; Shar capiva anche quello. "Grazie."

Mentre le sue sorelle andavano in cerca del tè, i suoi fratelli si alternarono nel posto accanto a lei. Shar adorava i suoi fratelli. Non erano sempre stati uniti, da piccoli, ma si erano sempre voluti bene. L'adolescenza di nove ragazzi non era mai un'impresa facile, ma tutti ne erano usciti con un legame molto forte.

Gage non aveva avuto nulla del genere. E ora che aveva trovato suo fratello, doveva sopravvivere in modo da poter creare un legame con Brandon.

Levi stava parlando proprio con Brandon, ora, e Shar si massaggiò la tempia mentre si chiedeva ancora una volta cosa dirgli. Gli aveva chiesto di venire in sala d'attesa nella speranza che, in qualche modo, Gage avrebbe avvertito la presenza del fratello. E anche per cercare di capire quale sarebbe stato il passo successivo da fare. Si alzò e costrinse le sue ginocchia deboli a portarla attraverso la stanza, da Brandon e Levi. I due smisero di parlare e lei vide l'interrogativo negli occhi di Brandon.

"Posso parlarti un attimo?" Il cuore le pulsò nel

fissare lo sguardo in quegli occhi tanto simili a quelli di Gage. *Occhi che le ricordavano ciò che avrebbe perso se Gage non fosse sopravvissuto all'operazione.* Scacciò quel pensiero. Avrebbe pregato e creduto; non poteva fare altro.

"Shar, forse dovresti aspe–" iniziò a dire Levi; ma lei lo interruppe.

"Va tutto bene, Levi. Non te lo ruberò a lungo. È solo che è stato l'ultima persona a vedere Gage. Voglio sapere di quei momenti prima della sparatoria. Ho bisogno di fare quattro passi; mi accompagni?"

Brandon la fissò con aria gentile, anche se certamente doveva essere molto curioso riguardo a quanto stava succedendo.

"Certo," rispose. "Volentieri."

Shar cominciò a camminare e l'uomo la seguì. *Quello era il fratello di Gage... il che significava, anche se Brandon – o BJ – non poteva saperlo, che era parte di Gage.* Quel pensiero le diede conforto.

Cali si fermò accanto a Grant; suo marito le sorrise con

dolcezza e la attirò tra le sue braccia. "Come sta Shar? Possiamo fare qualcosa?"

"Regge." Cali gli appoggiò la testa sulla spalla e si godette il suo profumo e la benedizione che era stare tra le sue braccia. "Ti amo, Grant."

Lui le baciò la sommità del capo. "E io amo te. Avevo bisogno di abbracciarti per un attimo."

Cali lo abbracciò, poi gli baciò la mascella. "Anch'io. Stiamo andando al bar a prenderle una tazza di tè caldo e miele. E una anche per noi. L'attesa è terribile. Possiamo portare qualcosa anche a voi?" Guardò suo marito e i suoi fratelli, che avevano cordialmente ignorato le effusioni sue e di Grant. In circostanze normali li avrebbero presi in giro, ma non quel giorno.

Trent, che era il più vicino a Grant e aveva appena abbracciato Jillian, sorrise. "Possiamo cavarcela da soli. Voi ragazze pensate a Shar."

Jake, Max e Cam confermarono le sue parole.

"Questo è quanto," disse Grant. "Avete bisogno di aiuto?"

"No, grazie." Cali sorrise. "Torniamo subito. Se la

dottoressa dovesse uscire prima del nostro ritorno, chiamami subito."

"Certo."

"Grazie," disse Jillian. "Non ci metteremo molto."

Si affrettarono verso l'ascensore e premettero il pulsante per il piano dove si trovava la mensa.

"Shar sta resistendo," disse Cali. "Ma del resto, lo sapevo."

"Come sempre," osservò Jillian. "Mi chiedo come reagirà BJ quando gli diranno dei loro sospetti."

"Non lo so. Ti immagini come dev'essere scoprire non solo di avere un fratello, ma anche di aver ereditato metà di una corporazione multimilionaria?"

"Alla faccia dello shock." Jillian scoppiò in una risata secca. "Ma d'altro canto, tu hai appena sposato un uomo più ricco di quanto io possa immaginare."

Grant era, per puro caso, un pittore di murali marittimi di fama mondiale. Cali rivolse a Jillian un'occhiata sarcastica. "Spero che la cosa non mi abbia cambiata per nulla."

"Certo che no," disse Jillian. "Tu non sei il tipo da farti impressionare da cose del genere."

"Esatto. Dunque può darsi che non importi nemmeno a Brandon, o BJ che dir si voglia."

Raggiunsero il bar e, pochi istanti dopo, ebbero i loro tè. C'erano dei tavolini nella zona e Jillian si approssimò a quello più vicino ai condimenti. Cali la seguì e vide che sul tavolo c'erano un giornale e un paio di riviste scandalistiche. Jillian aveva appoggiato i suoi due bicchierini di plastica su una delle riviste, per poi voltarsi a prendere il miele. Anche Cali aveva due bicchierini: avevano deciso di prendere un tè anche per la mamma. Li appoggiò sul tavolo accanto a quelli di Jillian e prese le bustine di miele che le porse sua sorella. Mentre aprivano le bustine, Cali abbassò lo sguardo sul giornale.

Smise di spremere il contenuto dolce e appiccicoso delle bustine nel bicchierino del tè: il suo sguardo era stato attirato dalla fotografia sottostante. "Cosa?"

Aggrottò le sopracciglia e guardò meglio; poi, dopo aver tolto la tazza dalla pagina, rimase a bocca aperta.

Accanto a lei, Jillian ebbe un sussulto. "*Olivia.*

Quella è Olivia."

Cali spostò l'altra tazza e prese la rivista scandalistica… ed entrambe guardarono a bocca aperta la loro sorella. La terza gemella.

Coinvolta in un bacio appassionato col famosissimo attore Brad Pearson.

"Non può essere," mormorò Cali. Olivia non tornava a casa da mesi. Si era persa il matrimonio di Cali e non era tornata per quello di Shar. Non aveva nemmeno chiamato spesso.

"È la sua addetta alle relazioni pubbliche," disse Jillian. "Non dovrebbe fare certe cose."

Cali la guardò. "Non so cosa stia succedendo, ma non è il momento di preoccuparsene."

"Sono completamente d'accordo. Ecco, dammi qua." Jillian prese la rivista, la arrotolò e la infilò nella grossa borsa che portava con sé. "Fatto. La leggeremo dopo, sperando che mamma e papà non la vedano. Ora dobbiamo concentrarci su Gage."

Cali trasse un respiro profondo e ricominciò a versare il miele nel tè, mescolando furiosamente. "È stata una giornata assurda. Prima il matrimonio è saltato, poi hanno sparato a Gage, forse abbiamo trovato suo fratello scomparso, e ora la nostra serissima sorella, che sa bene che non è il caso di avere intrallazzi coi clienti, appare sulla copertina di un giornalaccio come quello."

"Già." Jillian sembrava frastornata. "Non ci capisco più niente. Spero che il prossimo grande evento sia l'uscita della dottoressa che ci dirà che Gage si riprenderà."

Cali prese i bicchieri. "Sono d'accordo. Spero solo che nessun altro veda una di queste riviste prima che Gage si riprenda."

CAPITOLO SEI

BJ percorse il corridoio assieme a Shar. La donna stava reagendo in maniera miracolosa, ma dal suo sguardo e dal tremito delle sue labbra si vedeva che lo sforzo le stava costando parecchio. Era una donna forte; quello era poco, ma sicuro.

Allora perché era svenuta dopo averlo visto?

E perché aveva un'aria tormentata ogni qualvolta i loro sguardi si incrociavano?

"Grazie per essere venuto ad aspettare con noi. Sono sicura che Gage vorrà parlarti, quando si sveglierà."

"Ma perché?" chiese l'uomo. "Ancora non so cosa volesse da me quando è passato dalla mia barca."

Shar assunse un'aria pensierosa: aggrottò le sopracciglia e BJ intravide gli ingranaggi della sua mente girare dietro quei suoi occhi verdi.

"Credo sia meglio che te lo dica Gage. Io penso di sapere perché si sia fermato alla tua barca, ma non ne sono sicura. Se avessi il suo cellulare e potessi controllare i messaggi, forse potrei saperlo per certo."

"Aveva il telefono in mano quando gli hanno sparato. Probabilmente è ancora da qualche parte sulla mia barca."

La giovane si illuminò in viso. "Allora diciamolo a Levi; potrà chiedere a uno dei suoi uomini di portarlo qui."

BJ si massaggiò la nuca; aveva i muscoli del collo tesissimi. "Non fraintendermi: non voglio turbarti, con tutto quello che sta succedendo. Ma tutta questa faccenda è stranissima. Gage è venuto da me, un perfetto sconosciuto, rischiando di arrivare in ritardo al suo matrimonio. Perché lo ha fatto?"

Shar smise di camminare. "BJ, come ho detto, ho i

miei sospetti, ma non posso rivelarteli. Non spetta a me. Ti assicuro che Gage potrà spiegarti tutto quando si sveglierà, dopo l'operazione." Distolse lo sguardo mentre le venivano le lacrime agli occhi.

BJ attese che le scacciasse e che si ricomponesse.

"Per cosa sta BJ?" chiese la giovane.

"Per Brandon James."

"Oh. Hai parenti da queste parti?"

"No. Stando a quanto mi ha detto una volta mia madre, quando ero piccolo vivevamo qui, prima che mio padre morisse. È per questo che ho deciso di darci un'occhiata. Alla fine mi è piaciuto, per cui ho iniziato a trasportare turisti e a pensare di fermarmi per un po'."

Era la sua immaginazione, o un lampo di entusiasmo era apparso negli occhi di Shar?

Fece per chiederle nuovamente cosa stesse succedendo, ma qualcuno la chiamò per nome.

"Shar," esclamò suo fratello Levi. "È appena uscita la dottoressa."

BJ mise da parte le sue domande. Sperava solo che il medico avesse buone notizie.

Il cuore di Shar le balzò in gola mentre sollevava le gonne e correva lungo il corridoio verso la dottoressa. Si fermò accanto a suo padre e il resto della famiglia le fece largo, in modo da consentirle di arrivare di fronte alla bella dottoressa.

Tutta l'emozione che stava cercando di soffocare si era accumulata a ogni momento in cui non aveva avuto notizie di Gage, fino a diventare una tempesta devastante dentro di lei.

"Come sta?" Le parole le uscirono rotte, quasi in un gemito.

"È fuori pericolo. La pallottola ha fatto danni meno gravi di quelli che avrebbe potuto provocare; è questo che gli ha salvato la vita."

Shar si coprì il volto con le mani; trattenne un grido e lottò contro l'impulso di crollare. Si aggrappò al braccio di suo padre. "Se la caverà." Un tempo aveva creduto di non voler condividere la propria vita con nessuno. Che un uomo avrebbe cercato di soffocarla e di impedirle di soddisfare il bisogno di dedicare gran parte della vita al salvataggio delle tartarughe di mare e alla protezione delle loro uova.

Ma poi era arrivato Gage, che aveva ribaltato il suo mondo e il suo modo di pensare. Ora, diventare la signora Lancaster era ciò che lei desiderava di più. Condividere la vita con lui mentre entrambi lavoravano con le tartarughe.

Ma ora, tutto ciò che voleva era semplicemente lui.

La dottoressa le spiegò alcuni dettagli; Shar cercò di seguirla, ma voleva disperatamente sapere quando avrebbe potuto vedere Gage.

"Lo porteremo in terapia intensiva; l'infermiera verrà a prendervi. Io lo controllerò periodicamente."

"Grazie," disse il padre di Shar alla dottoressa.

Tutto ciò che lei riuscì a fare fu annuire. Tutto ciò a cui riusciva a pensare era che presto avrebbe rivisto Gage.

Gage cominciò lentamente a svegliarsi. Ricordava in gran parte quello che era successo. Ricordava di aver visto suo fratello, la pistola, e di aver lottato per la vita. Ricordava il bacio di Shar.

Aveva portato quel ricordo con sé mentre, nel

pronto soccorso, perdeva e riacquistava conoscenza.

"Gage. Mi senti? Ti amo. La dottoressa dice che ti riprenderai."

Il cuore di Gage batté all'impazzata e lui cercò di aprire gli occhi. *Aveva bisogno di vederla. Di scusarsi per aver rovinato il matrimonio.* Poi sentì le labbra di Shar premere contro le sue.

Labbra calde, dolci, coprirono quelle di Gage e gli fecero girare la testa per l'amore e la nostalgia di Shar. Poi aprì gli occhi: il bacio gli aveva mostrato la strada di casa.

"Voglio svegliarmi con queste labbra tutte le mattine," mormorò, per poi passare il braccio senza flebo attorno alle spalle di Shar e stringerla.

Fu allora che lei pianse. Gli tuffò il viso contro il collo e singhiozzò. "Oh, Gage. Sei tornato da me."

Lui le massaggiò i capelli, inalò il suo profumo delicato e le baciò dolcemente la tempia. "Ma certo."

Shar singhiozzò, poi gli prese il volto tra le mani e lo baciò. Quindi lo fissò con immensa dolcezza. "Eri andato a trovare tuo fratello?"

La testa di Gage si schiarì e i ricordi tornarono.

"Brandon. Mi dispiace, Shar. Avrei dovuto aspettare. Ma avevo appena ricevuto l'informazione e dovevo passare comunque dal lungomare per andare al resort; non sono riuscito a trattenermi. Dovevo almeno vederlo. Non volevo arrivare in ritardo, piantarti in asso."

"Lo so. E capisco. Ma lui non sa ancora nulla. Non credo si sia reso conto che tu e lui avete in comune quei magnifici occhi azzurri."

Gage riuscì a sorridere. "Te ne sei accorta?"

"Ma certo. E lo stesso vale per quei membri della mia famiglia che sanno cosa sta succedendo. Probabilmente servirà un test del DNA, ma gli occhi mi hanno convinta."

"Li abbiamo ereditati da nostro padre." Gage ricordava la certezza provata quando aveva visto gli occhi di BJ.

Shar gli accarezzò il volto dalla tempia alla mascella. "Lui non sa ancora nulla. È qui e ha delle domande. Ma non ha idea di essere tuo fratello. Gage, lui crede che suo padre sia morto quando era molto piccolo."

Gage chiuse gli occhi e assimilò quell'informazione. "Ha senso. Stando a quanto possiamo immaginare, sua madre si è sposata in fretta e ha cambiato nome; può darsi che abbia usato un alias quando si è sposata."

Shar parve preoccupata. "Non sforzarti troppo a pensarci. BJ è qui. Avrai tempo per parlargli, ma ora devi solo guarire. Quando sarai uscito dalla terapia intensiva, potrai pensarci su."

Gage le massaggiò la schiena. "Sei fantastica," mormorò. "Ti amo. E ora, tutto ciò a cui voglio pensare è alzarmi dal letto e fare di te mia moglie."

Shar sorrise. "Presto. Ora riposa. Sarò qui quanto ti sveglierai."

Gage chiuse gli occhi e si rese conto di avere il sorriso sul volto mentre le medicine che gli venivano somministrate lo facevano riaddormentare.

CAPITOLO SETTE

Due giorni dopo la sparatoria avvenuta sulla sua barca, BJ tornò all'ospedale. Shar Sinclair lo aveva chiamato e gli aveva detto che Gage desiderava parlare con lui. "A che ora?" era stata l'unica domanda posta da BJ.

Si era tenuto occupato nei due giorni successivi alla sparatoria, pulendo la barca e aspettando. Aveva rimuginato su tutto ciò che era accaduto e non aveva trovato soluzioni per il mistero di cosa potesse volere Gage Lancaster da lui. Aveva indagato online e, partendo dall'annuncio del matrimonio, aveva scoperto che Gage era Benjamin Gage Lancaster, figlio di Milton Lancaster, a capo delle Lancaster Industries. Lui e suo padre avevano trasformato l'azienda in una compagnia di grandissimo successo.

Aveva inoltre appreso che Gage era l'erede della compagnia e che, dalla morte di Milton, c'erano stati molti dubbi sul futuro dell'impresa.

Cosa voleva Gage Lancaster da lui?

E come poteva trattarsi di qualcosa di tanto importante da spingerlo ad arrivare in ritardo al suo matrimonio?

Quel giorno lo avrebbe scoperto.

Indossava dei jeans e una maglietta blu quando bussò alla porta della stanza dell'ospedale. Fu Shar ad aprirgli. Aveva un aspetto migliore, in assenza dello stress e dell'ansia che l'avevano tormentata due giorni prima. Il sorriso le illuminò il volto quando lo salutò.

"BJ. Entra, per favore."

Gage era a letto, seduto; all'ingresso di BJ, sorrise e gli tese la mano.

"Ti trovo meglio, oggi. Sono felice che tu stia bene."

Gage gli diede una ferma stretta di mano. "Grazie. Domani dovrebbero dimettermi. Avevo pensato di aspettare prima di parlarti, ma alla fine ho deciso che non potevo attendere. E poi, tu meriti di sapere cosa sta succedendo."

"Devo ammettere che sono curioso," disse BJ. "Cosa può volere da me Benjamin Lancaster?"

Gage guardò Shar, che si mise accanto a lui e, dal comodino accanto al letto, estrasse una cartelletta gialla. La porse a Gage, per poi appoggiargli una mano sulla spalla e sorridere a BJ.

La situazione si stava facendo più complicata di minuto in minuto.

"Shar mi ha detto che tuo padre è morto quando eri piccolo. Vorrei che tu dessi un'occhiata a queste foto."

BJ prese la cartelletta e la aprì. Era prontissimo a concludere quella faccenda e tornarsene alla sua vita. Ma rimase di stucco alla vista di una fotografia raffigurante sua madre e un uomo che aveva sulle spalle un bambino piccolissimo mentre la coppia camminava lungo una spiaggia. Tutti e tre sorridevano.

Erano felici.

C'erano anche altre foto di sua madre e dell'uomo più maturo, alcune delle quali includevano anche il bambino.

"Quella donna è tua madre?" chiese Gage.

BJ incrociò lo sguardo serio degli occhi azzurri dell'altro e, come la prima volta che l'aveva incontrato, avvertì un senso di familiarità. "Sì. Ma non conosco l'uomo." Guardò meglio il bambino e, all'improvviso, si rese conto che quel bambino era lui. "Questo sono io, giusto?"

Gage annuì. "Proprio così. E quello che ti tiene in spalla è mio padre, Milton Lancaster."

BJ osservò di nuovo le foto. Sua madre sembrava incredibilmente felice; ma del resto, lo era sempre stata. Era stata una donna piena d'amore, col cuore grande.

"Ti abbiamo cercato per anni, BJ. Servirà un test del DNA per essere sicuri, ma sono certo che tu sia mio fratello."

BJ sollevò di scatto la testa. "Prego?"

"Credimi," disse Gage, "anch'io sono rimasto

scioccato quando l'avvocato, alla lettura del testamento, mi ha detto che ho un fratello. È stata una grossa rivelazione."

BJ fece un passo indietro. Il cuore gli martellava contro le costole e aveva le mani fredde. "Mio padre è morto quando ero bambino."

"No, tuo padre è morto tre mesi fa, a Manhattan."

"Forse faresti meglio a sederti." Per la prima volta, Shar aveva preso la parola. "È un bel colpo."

"Sto bene in piedi."

Shar porse a Gage un'altra cartelletta; Gage ne estrasse una fotografia e la offrì a BJ. "Il tuo vero nome è Brandon. Questo è mio padre quando aveva la tua età."

BJ prese la foto e fissò il primo piano di Milton Lancaster. Guardò Gage, e poi guardò lo specchio appeso al muro sopra il lavandino alle spalle di Shar. Gli occhi di Gage gli erano parsi familiari perché erano anche i suoi. Gli occhi di Milton.

Il suo stomaco si contrasse; aveva la nausea e, all'improvviso, gli sembrava che in quella stanza facesse caldissimo. *Perché? Se tutto ciò era vero, perché mai sua madre gli aveva mentito?* Pose la stessa domanda a Gage.

"Stando a quanto mi ha rivelato l'avvocato di mio padre, che era anche suo amico, mio padre avrebbe voluto sposare tua madre. Vi amava entrambi e voleva portarvi a casa con me per fare di noi una famiglia. Ma tua madre era uno spirito libero e non voleva trasferirsi a New York. Credo che avesse il terrore che mio padre avrebbe cercato di portarti via da lei se non avesse accettato di sposarlo. E, a essere onesti, può darsi che avesse ragione. Mio padre era abituato a ottenere sempre quello che voleva.

"Ma poi tu e lei siete spariti all'improvviso da Windswept Bay e lui, nonostante avesse assunto degli investigatori privati, non è mai riuscito a rintracciarvi. Alla fine, uno di quegli investigatori è riuscito a trovare una pista, ma mio padre – nostro padre – ha avuto un grave attacco cardiaco prima che si potesse scoprire qualcosa di più. Ho appreso di te alla lettura del testamento. Naturalmente dovrai sottoporti a un test del DNA, per motivi legali, ma ora sei socio delle Lancaster Industries."

BJ fissò Gage prima e Shar poi. *Era un discorso pazzesco.*

"E se ti dicessi che sono felice e soddisfatto della mia vita così com'è?"

"Rimarrai comunque mio fratello e mio socio. Nulla può cambiare la situazione. E devo dire che sono ansioso di conoscerti. Non ho famiglia, a parte Shar e i miei futuri suoceri."

"Sappiamo che è tutto molto difficile da accettare, Brandon." Shar lo guardò con aria solidale.

"Preferisco essere chiamato BJ," disse lui. Sapeva che il suo era un tono burbero. *Irragionevole. Ma gli stavano chiedendo davvero molto.*

"BJ." Shar gli sorrise e si avvicinò per toccarlo sul braccio. "Sappiamo che è un grosso shock. Ma ci sarà tempo per sistemare tutto. A ogni modo, domani noi due ci sposeremo e saremmo davvero felici se tu partecipassi al matrimonio. Soprattutto Gage."

BJ si ficcò una mano nei capelli e cercò di elaborare il tutto. Era abituato ad andare dove gli pareva, quando gli pareva. Aveva una barca che spostava da un porto all'altro e un modo di vivere che ben si adattava a lui. Non era solito indossare giacca e cravatta. "Credo di aver bisogno di un po' di tempo per riflettere." Porse le cartelle a Shar.

"Tienile pure. Abbiamo delle copie."

"Prendile con te. Saremmo felici se venissi al matrimonio, domani alle tre. Abbiamo fretta. Sono stufo di aspettare per sposare la donna che ho già abbandonato una volta." Gage sorrise a Shar.

BJ vedeva l'amore che c'era tra i due, ma non era disposto a prendere per buone tutte le loro affermazioni. Non ancora. "Vi faccio i miei migliori auguri per tutto. Ma ora come ora, ho bisogno di pensare."

Voltandosi, uscì dalla stanza, percorse il corridoio e raggiunse l'ascensore.

Ma per quanto cercasse di rifiutare l'idea che sua madre gli avesse mentito, il suo istinto e i suoi occhi gli dicevano che non poteva farlo. *Aveva un fratello.*

E ora, cosa avrebbe fatto?

CAPITOLO OTTO

"Dimmi che è là fuori," disse Shar mentre Jillian entrava nel camerino della sposa con un enorme sorriso sul volto.

"Sì, è là fuori. È qui da ore. Credo che si fosse sistemato in una delle stanze per non dover guidare."

Cali ridacchiò. "Ho sentito dire dai nostri fratelli che, forse, ha dormito con lo smoking per essere già pronto."

Shar rise. "Che sceme che siete. Stavo solo scherzando. Non dubito che sia là fuori. È tutta la mattina che mi manda messaggi dolci."

Gage non poteva fare grandi sforzi – la ferita era ancora fresca – ma non aveva voluto sentire ragioni: voleva sposarsi. E anche se non aveva ricevuto conferma della possibile presenza di Brandon al matrimonio, aveva detto che tutto si sarebbe sistemato da solo, col tempo. Ma era ora di sposarsi. Anzi, quell'ora era passata da un pezzo.

E Shar era d'accordo.

Bussarono alla porta e Jillian andò ad aprire. Dalla soglia, suo padre le sorrise. "È ora, Superdonna."

Shar ridacchiò, una risata che le riecheggiò fino alle dita dei piedi. "No, oggi sono solo io."

Gracie sorrise da dietro le spalle di Sam Sinclair. "D'accordo, signore, è ora di muoversi."

"Allora diamo inizio allo spettacolo," disse Cali, gli occhi che brillavano.

Lei e Jillian aprirono la fila; Shar le seguì. Ricordare che Olivia non era riuscita a venire, nemmeno dopo il rinvio, le provocò una piccola fitta di rimpianto, ma Jillian e Cali le avevano mostrato la rivista scandalistica con la foto della sorella in copertina, che più tardi lei stessa aveva visto al negozio di alimentari. La sua seria sorella si era cacciata in un guaio molto interessante.

Cali aveva parlato con lei. Olivia le aveva assicurato di avere tutto sotto controllo e che la situazione era diversa da come la descrivevano le foto e gli articoli. Se ne stava occupando di persona.

Shar, dal canto suo, credeva che sarebbe potuta andare peggio: dopotutto, sua sorella aveva baciato il divo più bello di Hollywood. Probabilmente, ritrovarsi immortalata sulla copertina di una rivista era un prezzo ben misero da pagare per un bacio del genere.

Ma l'unico bacio che interessava a Shar era quello che le avrebbe dato Gage quando il pastore avrebbe detto: "Puoi baciare la sposa."

Quel giorno, Shar era egoista. La giornata apparteneva a lei e a Gage. Avrebbe pensato più tardi a Olivia.

Quando la musica ebbe inizio e lei e suo padre si avviarono lungo il sentiero che portava a Gage, Shar vide il suo sposo e il suo cuore spiccò il volo verso i gabbiani che volavano tra le nuvole nel cielo azzurro.

Gage incrociò il suo sguardo e dentro di lei presero a svolazzare le farfalle. Dovette trattenersi e tenere il passo prescritto assieme a suo padre. Ma fu la camminata più lunga della sua vita.

Ripensò al giorno in cui aveva conosciuto Gage, quando lui era uscito di corsa dal mare per aiutarla a soccorrere una tartaruga. Persino allora aveva avvertito un legame forte, che sarebbe durato per una vita intera.

Gage sorrise mentre lei gli si metteva di fronte e si prendevano per mano. L'aria del mare li circondava; le onde suonavano una dolce serenata mentre il pastore dava inizio alla cerimonia. Avevano occhi soltanto l'uno per l'altra. E quando il pastore disse: "Puoi baciare la sposa," il cuore di Shar tuonò e lei non riuscì a trattenere il sorriso che le esplose in viso. Gage inarcò un sopracciglio, ammiccò con uno dei suoi magnifici occhi color del mare e poi la circondò con le braccia. "Ti solleverei da terra se non fosse per la ferita," disse, per poi baciarla con tutto il cuore.

"Ti amo, signora Lancaster," aggiunse dopo un lungo istante.

"E io amo te," mormorò Shar, per poi prendergli la testa e continuare il bacio. Un bacio che sarebbe durato per sempre.

Altri Volumi Della Serie Di Windswept Bay

DA QUESTO MOMENTO (Volume 1)

Ferita da un matrimonio fallito e dall'infrangersi dei suoi sogni, Cali Sinclair torna a casa a Windswept Bay col cuore colmo di sospetto e chiuso all'idea di quel vero amore che un tempo desiderava disperatamente. Decisa a non mettere mai più a rischio i propri sentimenti, si getta a capofitto nella conduzione del piccolo boutique resort della sua famiglia sulla costa della Florida, un luogo così romantico da ricordarle ogni giorno tutto ciò che non avrà mai. Ma quando, un giorno, il famoso artista Grant Ellington si presenta per dipingere un murale su una parete del resort, Cali viene colta alla sprovvista dalla sua violenta reazione all'artista. All'improvviso, ogni volta che lui la guarda, Cali trova più difficile di quanto avrebbe creduto possibile proteggere il proprio cuore.

Grant Ellington ama il suo ranch, i suoi cavalli e la sua

vita di artista famoso. Ma dopo essere sopravvissuto a un incidente aereo che ha ucciso il suo migliore amico e il loro giovane pilota, è ancora afflitto dalla sindrome del sopravvissuto quando parte alla volta di Windswept Bay. Dipingere un murale marittimo al resort doveva essere, in origine, un favore fatto a un vicino, ma basta un incontro con la bella Cali perché Grant si senta di nuovo vivo… e deciso a trascorrere del tempo sulle spiagge baciate dalla luna con lei tra le braccia…

Ma, come lui, anche Cali si porta dentro delle cicatrici. Riusciranno i due a dare fiducia all'amore che scoppietta tra di loro e a ricominciare da questo momento?

DA QUALCHE PARTE CON TE (Volume 2)

La sfacciata, supponente Shar Sinclair ha la passione per le tartarughe marine che soccorre nella zona di Windswept Bay ed è altrettanto bisognosa di libertà quanto lo sono loro. È felice della sua vita, dedicata ad aiutare nella gestione del resort di famiglia e a occuparsi della fauna che la circonda. Ma a volte rimpiange di non avere qualcuno con cui condividere la sua passione, in tutti i sensi. Eppure, ciò potrebbe significare rinunciare a parte della sua libertà, e lei non è sicura che potrebbe mai fare una cosa del genere per qualcuno…

Gage Lancaster è un milionario che si è fatto da solo ed è abituato ad avere ciò che vuole, ma negli ultimi tempi nella sua vita c'è un vuoto, un'irrequietezza, che lui non sembra in grado di colmare. Durante una visita a Windswept Bay, Gage nota una bella donna sulla spiaggia, intenta a cercare di liberare una tartaruga di mare rimasta intrappolata in una lenza, e va ad aiutarla. L'uomo rimane affascinato dal fuoco e dalla passione che si irradiano da Shar e capisce subito di

ADESSO E PER SEMPRE (Volume 4)

L'addetta alle relazioni pubbliche Olivia Sinclair è stata lontana da Windswept Bay per anni, impegnata ad aiutare l'élite di Hollywood a sfuggire a uno scandalo dopo l'altro. Ma ora è lei ad aver fatto scalpore e a trovarsi sulle pagine di tutti i giornali scandalistici. All'improvviso, tornare a casa a Windswept Bay e mantenere un basso profilo sembra proprio il consiglio migliore che Olivia potrebbe dare a se stessa.

La vita del barcaiolo Brandon "BJ" McCall ha appena subìto un cambiamento profondo. Brandon ha appena scoperto di avere un fratello e di aver ereditato milioni; una situazione complicata... anche perché i suoi sentimenti riguardo a entrambe le situazioni sono piuttosto ambivalenti. Ma salvare una bella donna con un pigiamino di Pink Kitty è una complicazione per lui piacevole.

Essere salvata da uno sconosciuto che potrebbe rivaleggiare con uno qualunque dei suoi clienti di Hollywood non è esattamente ciò che Olivia aveva in mente quando è venuta a casa a nascondersi. Innamorarsi di un tizio che, come poi ha scoperto, sarebbe materiale perfetto per i tabloid non è certo una mossa saggia per una come lei: sta cercando di levarsi dalle copertine delle riviste scandalistiche, non di prendervi posto in pianta stabile!

Ma la situazione è complicata.
Soprattutto sulle spiagge di Windswept Bay, dove il romanticismo è nell'aria e l'amore è una complicazione che potrebbe anche essere impossibile da contrastare.

ASPETTANDO L'AMORE (Volume 5)

Jillian Sinclair ha bisogno di un uomo e ne ha bisogno subito. Sogna di diventare madre, ma il suo medico le ha appena dato una cattiva notizia: se ha intenzione di restare incinta, non le rimane molto tempo. Jillian vorrebbe trovare il vero amore, come le sue sorelle, ma si ritroverà forse costretta ad accontentarsi di qualcosa di meno pur di avere il figlio che desidera? L'ultima cosa di cui ha bisogno è che l'unico uomo che abbia mai amato e che ha perduto torni in città.
Il poliziotto sotto copertura Ryan Locke è di nuovo a

Windswept Bay, ma quanto vi resterà? Ha spezzato il cuore di Jillian quando le ha preferito la sua carriera. Può Ryan essere la risposta alle preghiere di Jillian, o la sua dedizione alla giustizia glielo porterà via un'altra volta?

Non perdetevi il nuovo episodio della serie di Windswept Bay… innamoratevi ancora una volta delle spiagge assolate della splendida costa della Florida…

L'autrice

Scrittrice di best-seller, Debra Clopton ha venduto oltre due milioni e mezzo di copie. Scrive romanzi dolci, contemporanei e western, ambientati in Texas e sulle spiagge della Florida. Le sue serie sono pulite e adatte a tutti; inoltre, Debra scrive anche romanzi motivanti di ispirazione cristiana. Debra è nota per i suoi dialoghi vivaci, per i suoi eroici cowboy e le sue eroine esuberanti. Ha ottenuto riconoscimenti come il "The Book Sellers Best", il "Romantic Times Magazine's Book of the Year", il "Reader's Choice Awards" e molti altri. È stata inoltre finalista del premio "Golden Heart", organizzato dalla Romance Writers of America, e tre volte finalista del "Carol Award" dell'American Christian Fiction Writers. Texana di sesta generazione, Debra vive in un ranch in Texas con suo marito Chuck. Adora viaggiare e trascorrere del tempo con la sua famiglia. Ha scritto per la Harlequin e per Harper Collins Christian e ora pubblica con la DCP Publishing. È entusiasta di scrivere per la DCP Publishing e di vedere i suoi libri venduti in tutto il mondo.

Debra adora aiutare le persone a sorridere con le sue storie divertenti e dal ritmo concitato.

Visitate il sito di Debra: www.debraclopton.com
Date un'occhiata alla sua pagina Facebook:
www.facebook.com/debra.clopton.5
Seguitela su Twitter: www.twitter.com/debraclopton
Contattatela all'indirizzo Debraclopton@yamil.com
Iscrivetevi alla newsletter di Debra e partecipate ai contest a www.debraclopton.com/contest